해파리의 노래

해파리의 노래

김억 지음

일러두기

1. 이 책의 텍스트는 1923년 6월 30일에 발행된 『해파리의 노래』의 초간본이다.
2. 표기는 원칙적으로 현행 맞춤법에 따랐다. 그러나 특별한 시적 효과와 관련된다고 판단되는 경우는 원문의 표기를 그대로 두었다.
3. 한자는 한글로 고치되, 꼭 필요한 경우는 괄호 처리 하였다.
4. 원주는 해당 시의 마지막 부분에, 편자 주는 모두 권말에 후주로 처리하였다.
5. 한 편의 시가 다음 면으로 이어질 때 연이 나뉘면 첫 번째 행 상단에 줄 비움 기호(>)를 넣어 구분하였다.

해파리의 노래

같은 동무가 다 같이 생의 환락에 도취되는 사월의 초순 때가 되면 뼈도 없는 고깃덩이밖에 안 되는 내 몸에도 즐거움은 와서 한도 끝도 없는 넓은 바다 위에 떠놀게 됩니다. 그러나 자유롭지 못한 나의 이 몸은 물결에 따라 바람결에 따라 하염없이 떴다 잠겼다 할 뿐입니다. 볶이는 가슴의, 내 맘의 설움과 기쁨을 같은 동무들과 함께 노래하려면 나면서부터 말도 모르고 라임*도 없는 이 몸은 가없게도 내 몸을 내가 비틀며 한갓 떴다 잠겼다 하며 볶일 따름입니다. 이것이 내 노래입니다. 그러기에 내 노래는 쉷고도 곱습니다.

해파리 노래에게

인생에는 기쁨도 많고 슬픔도 많다. 특히 오늘날 흰옷 입은 사람의 나라에는 여러 가지 애닯고 그립고, 구슬픈 일이 많다. 이러한 〈세상살이〉에서 흘러나오는 수없는 탄식과 감동과 감격과 가다가는 울음과 또는 우스움과, 어떤 때에는 원망과 그런 것이 모두 우리의 시가 될 것이다. 흰옷 입은 나라 사람의 시가 될 것이다.

이천만 흰옷 입은 사람! 결코 적은 수효가 아니다. 이 사람들의 가슴속에 뭉치고 타는 회포를 대신하여 읊조리는 것이 시인의 직책이다.

우리 해파리는 이 이천만 흰옷 입은 나라에 둥둥 떠돌며 그의 몸에 와닿는 것을 읊었다. 그 읊은 것을 모은 것이 이 『해파리의 노래』다.

해파리는 지금도 이후에도 삼천리 어둠침침한 바다 위로 떠돌아다닐 것이다. 그리고는 그의 부드러운 몸이 견딜 수 없는 아픔과 설움을 한없이 읊을 것이다.

어디, 해파리, 네 설움, 네 아픔이 무엇인가 보자.

계해년 늦은 봄 흐린 날에
춘원

머리에 한마디

나는 나의 이 시집에 대하여 긴말을 하려고 하지 않습니다. 다만 이 가난한 2년 동안의(1921~1922) 시작(詩作)에 노력이라면 노력이라고 할 만한 시집을 세상에 보내게 됨에 대하여 행여나 세상의 오해의 꾸지람이나 받지 않았으면 하는 것이 간절한 다시없는 원망(願望)입니다.

시에 대하여는 이러니저러니 하는 것이 아직도 이른 줄로 압니다. 그저 순실하게 고요하게 시의 길을 밟아 나아가면 반드시 이해받을 때가 있을 줄로 압니다.

이 시의 배열에 대하여는 연대순으로 한 것이 아닙니다. 그동안의 시편을 다 모아 놓으면 꽤 많을 듯합니다마는 시고(詩稿)를 다 잃어버리고 말아서 어찌할 수 없이 현재 저자의 수중에 있는 것만을 넣기로 하였습니다.

더욱 마지막에 부록 비슷하게 조금도 수정도 더하지 아니하고 본래의 것 그대로 붙인 〈북방의 소녀〉라는 표제 아래의 몇 편 시는 지금부터 9년 전인 1915년의 것이었습니다. 하고 그것들과 및 그 밖의 몇 편도 오래된 것을 넣었습니다. 이것은 저자가 저자 자신의 지나간 날의 옛 모양을 그대로 보자 하는 혼자 생각밖에 아니 합니다.

어찌하였으나, 저자인 내 자신으로는 대단한 기쁨으로 이 처녀 시집을 보낸다는 뜻을 고백하여 둡니다.

1923년 2월 4일 밤에
고향인 황포(黃浦) 가에서
저자

꿈의 노래

해파리의 노래

표박

스핑크스의 설움

황포의 바다

반월도(半月島)

저락된 눈물

황혼의 장미

북방의 소녀(부록)

꿈의 노래

—지하의 남궁벽에게 이 시를 보내노라.

꿈의 노래

밝은 햇볕은 말라 가는 금잔디 위의
바람에 불리는 까마귀의 나래에 빛나며,
비인 산에서 부르는 머슴꾼의 머슴 노래는
멈춤 없이 내리는 낙엽의 바람 소리에 섞이어,
추수를 기다리는 넓은 들에도 비껴 울어라.

지금은 가을, 가을에도 때는 정오,
아아 그대여, 듣기조차 고운 낮은 목소리로,
조심스럽게 그대의 〈꿈의 노래〉를 불러라.

잃어진 봄

첫 기러기의 울음소리가 하늘을 울리며
물 긷는 따님의 얼굴이 우물 위에 어릴 때,
거름 실은 소를 몰고 가는 농군의 싯거리 노래는
앞산 밑을 감도는 뱃노래와 함께 들리는
내 고향의 어린 때의 그 봄날이 그리워.

안개가 다사로운 햇볕을 섧게도 덮으며
진달래의 갓 핀 꽃이 빨갛게 꿈꿀 때,
채전가의 냉이 캐는 아이들의 흥어리 소리가
뜰 안에서 어미 찾는 병아리 소리에 섞이는
내 고향의 어린 때의 그 봄날이 그리워.

피리

빈 들을 휩쓸어 돌며,
때도 아닌 낙엽을 재촉하는
부는 바람에 쫓기어,
내 청춘은 내 희망을 버리고 갔어라.

저 멀리 검은 지평선 위에
소리도 없이 달이 오를 때,
이러한 때에 나는 고요히 혼자서
옛 곡조의 피리를 불고 있노라.

내 설움

능라도(綾羅島) 기슭의
실버드나무의 꽃이
한가로운 바람에 불리어,
수면에 잔무늬를 놓을 때,
내 설움은 생겨났어라.

버들꽃의 향내는 아직도 오히려,
낙엽인 나의 설움에 섞이어,
저 멀리 새파란 새파란 오월의
하늘 끝을 방향도 없이 헤매고 있어라.

풀밭 위

맡으면 향내 나는 풀밭 위에
황금색의 저녁별이 춤추며
들 벌레 소리가 어지러울 때,
또다시 나는 혼자 누워서
구름 끝에 생각을 보내고 있노라.

떠서는 잠겨 드는 심사와도 같이
저 멀리 구름 속에 이동이 잦을 때,
어디선지 저녁 종이 비껴 울리어,
저 멀리 먼 곳으로 야속케도 심사가 끌려라.

바다 저편

바다를 건너, 푸른 바다를 건너
저 멀리 머나먼 바다의 저편에
그윽하게도 보이는
흰 돛을 달고 가는 배……

바다를 건너, 푸른 바다를 건너
머나먼 저 바다의 수평선 위로
끊지도 아니하고 홀로 가는
언제나 하소연한 나의 꿈……

달과 함께

조는 듯한 등불에 덮인
권태의 도시의 밤거리에
고요하게도 눈은 내리며 쌓여라.

인적은 끊기고
눈이 멎을 때,

보라, 이러한 때에, 깊고도 넓은
끝도 없는 밤바다에
하얗게도 외로운 빛을 놓으며,

달은 혼자서 방향 없이 아득이면서
하늘 길을 걷고 있어라.

고요한 밤거리에는
잃어진 꿈과도 같게
곱게도 등불이 졸고 있어라.

배

끝도 없는 한바다 위를
믿음성도 적은 사랑의 배는
흔들리며, 나아가나니,

애닯게도 다만 혼자서,
그러나마 미소를 띠고
거칠게 춤추는
푸르고도 깊은 한바다의 먼 길을
사랑의 배는 나아가나니,
아아 머나먼 그 끝은 어디야.

희미한 달에 비치어 빛나며, 어두운
끝 모를 한바다 위를 배는 나아가나니.

갈매기

봄철의 방향(芳香)에 취한
웃으며 뛰노는 바다 위를
하얗게도 떠도는 갈매기.

이지러지는 저녁 해가
고요히 남은 볕을 거둘 때,
어두워 가는 바다 위를
하얗게도 떠도는 갈매기.

소리도 없이 잠자코 넘어가는
저녁 바다 위에 혼자서 스러지는
어린 날의 황금의 꿈은
하얗게도 떠도는 갈매기와도 같이……

잃어지는 기억

고요한 밤의, 고요히 쉬는 바다 위에
반득거리는 별의 희미한 빛과도 같이,
아름다운 여름의 온갖 빛을 다 잃은
잊을 듯 말 듯 한 향내를 놓는 꽃의 맘이여.

뒤설레는 바람의 하룻밤을 시달린
명일이면 말라 없어질, 생각의 꽃의
떨면서 헤치는 적은 향내를
곱게도 맡으며, 버려진 맘이여, 사랑하여라.

눈

죽은 님의 넋 위에도 내려오는 눈.
잃어진 사랑의 무덤 위에도 오는 눈.
어린 맘의 꽃 위에도 내려 붓는 눈.
한유월의 낮잠의 꿈에도 오는 눈.

닿으면 보드라운 손끝에도 녹는 눈.
덮으면 일어나는 불도 꺼지게 하는 눈.
지려밟으면 아무 저항도 없는 눈.
차기는 하여도 한없이 보드라운 눈.

님이여, 당신은 눈, 눈은 당신.
맘이여, 당신은 눈, 눈은 당신.

가을

어제는
아리땁게도 첫봄의 꽃봉오리가
너의 열락 가득한 장미의 뺨 위에
웃음의 향기를 피우며 떠돌았으나,

오늘은
쓸쓸하게도 지는 가을의 낙엽이
너의 떨며 아득이는 가슴 위에
어린 꿈을 깨치며, 비인 듯 흩어지어라.

해파리의 노래

— 해를 여러 번 거듭한 지하의 최승구에게 이 시를 보내노라.

임금과 복숭아

임금(林檎)[*]은 그 빛이 새빨갛지요,
그리고 복숭아도 그 빛이 새빨갛지요.
임금은 속 과육이 희지요,
그리고 복숭아는 속 과육이 붉지요.

여기 임금과, 그리하고 복숭아가
다 같이 새빨갛게 익은 것이 있습니다.
그래요, 임금과 같이 새빨갛게 익은 그대의 맘.
그리고, 복숭아와 같이 새빨갛게 익은 나의 맘.

그대는 임금, 그리고 나는 복숭아,
둘이 함께 잃어진 사랑의 혼을 찾읍시다.

안동현의 밤

안동현(安東縣)에 하얀 눈이 밤새도록 내립니다.
곱게도 오늘 밤은 눈 위에 누워 잠자코 있습니다.
볼수록 캄캄한 밤은 볼수록 희어만 집니다.

안동현에 보얀 등불은 밤 깊도록 깜빡입니다.
쿨리[苦力]는 오늘 밤도 눈 속에 싸여 헤매고 있습니다.
볼수록 희미한 불은 볼수록 꺼질 듯만 합니다.

안동현에 소리 없이 내려 붓는 눈,
안동현에 속도 없이 반득이는 불,
안동현에 볼수록 까매지는 밤,
내 맘에는 하염없이 눈물집니다.

눈

무겁게도 흐려진 머리털 아래의,
회색 구름이 차게도 하늘을 덮은 듯한,
향내의 흰 분에 얼굴을 파묻고 섰는
겨울의 아낙네여, 그리하고 애인이여.

떠오르며 흩어지는 연기의
스러져 가는 한때의 옛사랑을
무심스럽게도 바라보고 있는
담배를 피우는 애인이여, 아낙네여.

엷은 웃음을 띠우며
맘의 찬 입술을 까밀고 있는 애인이여.
날은 흐린 어둑한 십일월의
고요한 저녁의 아낙네여.

애인을 버리고 가려는 애인이여,
두꺼운 목도리를 둘러맨 아낙네여.

지금은 겨울, 겨울에도 눈 오는 때,
맘하여라,* 한 송이 두 송이 눈이 내리나니,

하염없이도 땅 위에 내리는 눈,
사랑과 사랑을 둘러싸는 눈,
그리하여 눈 속에서 맘과 맘은 잠들었어라.

별 낚기

애인이여, 강으로 가자, 지금은 밤, 낚아질 때다.
애인이여, 거리로 가자, 지금은 밤, 낚아질 때다.
어두운 강 위에는 빛나는 별이 반득인다.
어두운 거리에는 빛나는 등불이 반득인다.

애인이여, 강으로 가자, 지금은 밤, 낚아질 때다.
애인이여, 거리로 가자, 지금은 밤, 낚아질 때다.
애인이여, 강 위에서 고요히 별을 낚자.
애인이여, 거리에서 고요히 불을 낚자.

애인이여, 지금은 밤, 강으로 가자, 낚아질 때다.
애인이여, 지금은 밤, 거리로 가자, 낚아질 때다.
낚을 것 같으면서도 암만해도 못 낚을 별.
잡을 것 같으면서도 암만해도 못 잡을 불.

애인이여, 지금은 밤, 강으로 가자, 낚아질 때다.
애인이여, 지금은 밤, 거리로 가자, 낚아질 때다.

낮이 되면 별은 숨고 만다.
낮이 되면 불은 꺼지고 만다.

애인이여, 너는 밤의 강 위에 빛나는 별.
애인이여, 너는 밤의 거리에 빛나는 불
너의 맘은 낚을 것 같으면서도 못 낚을 별.
너의 맘은 잡을 것 같으면서도 못 잡을 불.

애인이여, 지금은 밤, 강으로 가자, 낚아질 때다.
애인이여, 지금은 밤, 거리로 가자, 낚아질 때다.
너의 맘은 낮이 되어도 숨을 줄 모르는 별.
너의 맘은 낮이 되어도 꺼질 줄 모르는 불.

십일월의 저녁

바람에 불리는
옷 벗은 나무 수풀로
작은 새가 날아갈 때,
하늘에는 무거운 구름이 떠돌며
저녁 해는 고요히도 넘어라.

고요히 서서, 귀 기울이며 보아라,
어둑한 설운 〈회한〉은 어두워지는 밤과 함께,
안식을 기다리는 맘 위에 내려오며,
빛깔도 없이, 핼금한 달은 또다시 오르지 않는가.

나의 영(靈)이여, 너는 오늘도 어제와 같이,
혼자 머리를 숙이고 쪼그리고 있어라.

가을

쨰듯하고도* 적막한 가을,
맑고도 어둑스러운 하늘,
힘이라곤 조금도 없는 듯한 일광(日光),
거울을 씻어 놓은 듯한 수면.

바람결에 사랑과 미움을 노래하는
나무와 나무, 그리하고 낙엽과 낙엽.

혼자 고적하게 남겨진 내 맘은
참말로 의지할 곳도 없어지누나,
저것 보아, 태양조차 혼자 떨어져,
구름 뒤에 숨어서 흐득여 울고 있다.

실제(失題)

즐거운 아침 볕은 사람 위에 빛나며,
기쁨의 웃음은 사람의 얼굴에 있어라,
모든 것은 이리도 곱게, 이리도 평화롭게
하느님의 주신 길을 밟으며 지나가건만,

아 설워라, 쥐어뜯고 싶어라,
나의 사람이여, 아아 그대여,
내 맘에는 한(恨)도 없이 눈물지나니.

고적

바다에는 얼음이 덮이고
대지는 눈 속에 잠들어,
가없는 나의 이 〈고적〉은
의지할 곳도 없어지고 말아라.

보라, 서녘 하늘에는
눈썹 같은 새빨간 반달이
스러져 들며, 새까만 밤이
헤매며 내리지 않는가.

사계(四季)의 노래

고운 생각 가득한 나물 광주리를 옆에 끼고
인생의 첫 이슬에 발을 적시는 봄철의 따님이여,
꽃을 피우려는 고운 바람에, 그대의 보드라운
가슴의 사랑의 꽃봉오리는 지금 떨고 있어라.

미칠 듯한 열락에 몸과 맘을 다 잊고 뛰노는
황혼의 때아닌 졸음을 그리워하는 여름의 맘이여,
행복의 명정(酩酊), 음울의 생각은 지금 그대를 둘러싸고
끝없는 꿈으로 피곤한 〈인생〉을 곱게 하여라.

빛깔 없게도 고개를 숙이고, 묵상(默想)에 고요한 가을이여,
냉락(冷落)을 소근거리는 낙엽의 비노랫가락은
들을 거쳐, 넓다란 맘의 세계에도 비껴들어,
곳곳마다 〈죽은 맘〉의 장사(葬事)에 한갓 분주하여라.

흰옷을 입고, 고요히 누워 있는 겨울의 비너스 여신이여,
건독(乾毒)만 남고, 눈물 흔적조차 없는 너의 눈가에는

아무리 잃어진 애인을 그립게 찾는 빛을 띠었어도
쓸데조차 없어라, 한때인 사랑은 올 길이 없어라.

표박

— 표박의 끝없는 길에 떠도는 무명초(無名草)에게 이 시를 보내노라.

표박(漂泊)

—첫째

황혼의 하늘가에

홋홋할 손 바람이러라,

흰 눈을 둘러싸는 밤은

희기도 하고, 검기도 하여라.

이러한 때, 지나간 옛날의

곱다란 고산(故山)에 어린 꿈은

속절없이도 가없게

몸을 에워싸며 울어라.

표박(漂泊)

—둘째

산이면 넘어가고
바다면 건너가려는
한정도 없는 하늘에
나의 표박은 떠서 돌아라.
서녘의 저편 가에는
오늘도 새빨간 황혼의 빛이
헤매며 넘으려 하여라.

표박(漂泊)

—셋째

아아, 어쩌랴, 나의 맘은

하늘의 구름과도 같아서

맘 아닌 바람에 쫓기어,

동서남북에 정향(定向)이나 있으랴.

쉴 틈이라곤 조금도 없어라.

표박(漂泊)

—넷째

표박의 하늘가에

조각으로 떠도는 몸은

낙엽과도 같이,

구름과도 같이,

날리어도 가며

불리어도 가서

끝이 없어라, 한이 없어라.

표박(漂泊)

—다섯째

아아, 설워라, 나의 고적이여,
내 손을 내가 잡고 혼자 울 만한
다사로운 고적도 지금의 내 몸에는,
다 스러지고, 고적도 없는 고적이
혼자서 남모르게 흐늑여 울어라.

표박(漂泊)
—여섯째

어두운 밤하늘에는 반짝이는 별,
울음이 떠도는 몸에는 끝없는 우수.
모든 것은 하나조차 쓸데가 없어라,
목숨이 무엇이며,
사랑조차 무엇이랴.
나는 혼자서 다만 걷노라.

스핑크스의 설움

—비통(悲痛)의 염상섭에게 이 시를 모아 보내노라.

하품론(論)

옴직할 수도 없는 피로로 나오는 하품,

하소연하게도 잃어진 생각 때문에 생기는 하품,

그다음에는 〈사랑〉을 파묻는 보드라운 하품,

인생이라는 무거운 짐에 눌리어 나오는 하품,

그리하고도 오히려 하품이 또 있다 하면

그야말로 부처님의 한가로운 하품이러라.

입

온갖 화병(禍病)은 입으로 들어가고,

온갖 화복(禍福)은 입에서 생겨라,

그러하다, 나의 이 입으로 읊어진 노래는

세기 끝에 생기는 Malady의 쓰린 신음,

사랑의 사체(死體)를 파묻는 야릇한 숨소리러라.

아침잠

아침을 지낸 백열의 여름 볕에
눈을 비비며 깨기는 깨었으나,
나는 직업도 없는 게으른 녀석,
남은 반일(半日), 오늘을 어이 보내며,
오려는 내일을 몰라 하노라.

붉은 키스

첫가을의 햇볕에 빨갛게도 익은
복숭아 빛과도 같은 따님의 입술에
사람은 붉은 키스의 무덤을 쌓고는
높이나 높게 〈망각〉의 비석을 세워라.

탄식

밉살스러운 녀석이라며,
꿈에조차 생각지 않겠다고
굳게도 결심하는 그사이에
어느덧 그날의 광경이 보입니다.

정말로 그때는 잘도 지내서.

맘에도 없는 녀석이라며,
다 잊은 줄로 믿으며
아니, 아니, 웃는 그동안에
어느덧 그날의 설움이 또다시 생깁니다.

정말로 잊을 수는 바이없어.

새빨간 핏빛의 진달래꽃이 질 때

새빨간 핏빛의 진달래꽃이 질 때,
애달픈 맘의 진달래꽃이 떨어질 때,
속을 볶이는 저녁별이 넘을 때,
저무는 봄에도 저문 날이 져갈 때,
촌(村)집의 등불이 발갛게 빛을 놓을 때,
어이없이도 나의 영(靈)은 혼자 울고 있어라.

애닯기도 하여라

애닯기도 하여라, 새빨간, 새빨간
저녁의 별은 넘으며 어두우렬 때,
아직도 사막을 걷는 낙타의 설움,
무거운 짐에 허덕이는 인생의 몸.

어쩌면 사막이 그리우며,
어쩌면 무거운 짐이 즐거우랴,
내 몸은 이 때문에 파리했노라,
아아 오늘도 새빨간 저녁의 별.

화인

푸시식, 푸시식……
여보셔요, 애인이여,
어쩌면 남의 가슴 위에
이렇게도 아프고 쓰라리게
새빨간 화인(火印)을 눌러 줍니까?
한 번 화인 맞으면 고칠 수 없는
영구한 허물이 생기겠습니다,
하여 언제나 그 상처가 혼자 남아
철을 따라 아프게 되겠습니다.

푸시식, 푸시식……
여보셔요, 애인이여,
사랑의 뜨거운 키스의 감주(甘酒)에 취한
당신의 가슴에는 동계(動悸)가 높습니다,
암만하여도 이 동계를 고치려 들면
따끔하도록 화인을 눌러야
취한 것도 깨어 정신이 듭니다,

그렇습니다, 이 화인을 한 번 맞으면
언제나 그 여독은 남아 생각나게 됩니다.

달

오늘 밤에도
고요히 외롭게도
같은 길을 걸어 올라오는
달이여.

둥글고 넓은 하늘에는
그대의 걸음이 몇 번이던가!
핼금하게도 역증 난
그대의 얼굴에는
(보아라, 아직도 오히려)
권태의 미소가 떠돌고 있어라.

황포의 바다

—나의 아우 홍권에게 이 시를 보내노라.

황포의 바다

기나긴 긴허리의 길을 다 지난 뒤에는
외마디의 골짜기 되는 큰고리로 들어라,
그리고는 우뚝 섰는 높은 영(嶺)의 달바위재를
한 걸음, 한 걸음 숨차게 올라서면은,
하얀 바다, 넓기도 하여라,
이는 나의 고향의, 황포(黃浦)의 바다!

긴허리[長腰], 큰고리[大谷], 달바위재[月岩領]와 황포는 다 지명.

실제(失題)

바람은 개바자 틈에서 섧게도 울며,
이름 모를 작은 새가 실버드나무에서
꿈 같은 노래를 혼자 좋아 부를 때,
앞바다로는 고기를 낚으러,
뒷동산으로는 꽃을 꺾으러,
오가던 옛 동무의 잃어진 얼굴의
내 고향의 그리운 그 봄날은 지금 어디로……

참살구

고소한 참살구 씨라고
서로 아껴 가며 까먹던 것이,
나중에는 두 알밖에 안 남았을 때에
이것은 심었다가 종자(種子)를 하자고,
네 살 위 되는 누이님이 나를 권했소.

살구씨를 심은 지가 몇 해나 되었는지,
해마다 진달래꽃이 진 뒤에는
그 살구나무에 하얀 꽃이 피게 된 지도 오래였소.

맛있는 참살구라고
어린 동생을 귀해하며,
해마다 늦은 보리가 익었을 때에
그들은 종자 하자는 말도 없이,
야단을 하면서 번갈아 따 먹소.

누이님이 돌아가신 지 몇 해나 되었는지,

해마다 살구꽃이 진 뒤에는
그 무덤에 이름 모를 꽃이 피게 된 지도 오래였소.

사향(思鄕)

하늘 공중 높게도 떠도는 제비의 몸으로도
한때의 제철을 따라 옛 깃을 찾아오거든,
한가하게도 뱃소리가 들리는 황포의 해안,
잔디밭에는 꽃이 피고, 솔밭엔 송화(松花)가 나는
푸른 하늘 아래의 옛 마을, 낯익은 내 집을,
때의 봄철, 내가 어찌 잊을 줄이 있으랴.

꽃의 목숨

잠깐 동안이러라,
가을 저녁의 애달픈 꽃이여.
목숨은 너무도 짧아라,
긴 여름날의 설익은 꿈이여.

그러나,
명일을 모르는 꽃의 목숨에는 방향(芳香)이 스몄고,
짧음의 설익은 꿈속에는 행복의 밀실이 있어라.

이슬

나의 생각 가득한
다사코도 찬 이 눈물방울,
밤마다 내리는 이슬방울이 되어
밤마다 밤마다, 나의 사람아, 꽃이여,
너의 새빨간 침대를 적셔 주려노라.
아침 여명의 첫 볕에 녹아진단들 어쩌랴,
이슬의 방울, 생각의 눈물이여.

봉선화

새빨간, 새빨간 핏빛의 꽃이여,
그윽하고도 가없는 정오의
뜨거운 사랑 때문에,
부끄러운 듯이도 미소를 띠고
너는 머리를 숙이고 있어라.

아아 새빨간, 새빨간 상사(想思)의 꽃이여,
오늘 하루도 어느덧 넘으려 하여라.

초순 달

죽어 가는 하룻날의 끝과
생겨나는 하룻밤의 처음과의
어두움도 밝음도 아닌
황혼의 서녘 하늘에,
짧은 목숨과도 같이
애달픈 사랑과도 같게,
한동안 떠돌다 가는 스러지는
U 자 같은 새빨간
초순의 반달이여.

눈물

밝아 오는 첫 녘의 하늘에
스러져 가는 희미한 엷은 빛의
별보다도
아직도 오히려 핼금하게 빛깔도 없게
희용 없는* 미소를 띤
그대의 두 눈 속에 고인 듯 만 듯 하게 고인
그때의 그 눈물방울을,
나는 지금 멀게도 이역(異域) 길가의
여름밤의 별하늘을 혼자서 우러르며,
외롭게도 가슴에 그려 보노라.

남겨진 향내

떨어지기 쉬운 〈기쁨〉의 꽃에는
끝없는 〈설움〉의 향내가 숨어 있나니,
꽃은 너무도 믿음성이 적고
향내는 너무도 살뜰하여라.

가는 봄

어린 맘아,
오월의 밤하늘에는 스러져 가는 별,
가는 봄철의 저녁에는 떨어지는 꽃,
오오 그러나 이를 어쩌랴.

어린 맘아,
봄날의 꽃과 함께, 밤하늘의 별과 함께,
고요하게도 남모르게 넘어가는 청춘을
오오 그러나 이를 어쩌랴.

야자의 몸

야자(椰子)나무의
나의 이 몸에도 봄의 꽃은 피어라,
오오 그러나 몸은 바닷가의 야자꽃,
날이 지나, 익어서 떨어만 지면
바다는 한도 없이 넓고 깊어라.

죽음

죽음이란 잠일까,
꿈도 없는 새카만 잠일까?
그렇지 않으면 꿈일까,
새카만 잠 속에 생기는 밝은 꿈일까?
우리들은 그것을 모른다, 알 수가 없다.
그러기에 죽음이란다.
그것이 죽음이란다.

언제 오셔요

언제 오셔요, 내 사람아,
언제 오셔요, 내 님이여,
날은 어둡고 바람은 붑니다,
이번 가시면 언제 오셔요.

언제 오셔요, 내 사람아,
내일 오셔요, 내 님이여,
바람은 불고 해는 집니다,
이번 가시면 다시는 못 오셔요.

반월도(半月島)

—평양의 김동인에게 이 시를 보내노라.

밤의 대동강 가에서

나의 발가에서
작은 노래를 놓으며 흘러가는
대동강의 밤의 고요한 물은,
흘러가는 때와도 같이, 소리 없어라.

강 위에 떠도는 등불의
붉게도 희미하게도, 푸르게도 빛나는
놀이배의 취한 손의 뒤설레는 소리는
피곤한 기녀(妓女)의 무심한 수심가와 함께 비껴들이라.

치어다보면 위에는 어둑하게도 검은 하늘,
내려다보면 아래엔 희게도 번득이는 강물,
밤은 나의 위에도 있으며, 아래에도 있어,
온갖 세상의 가까운 습속만이 멀어지어라.

강가에서

실버드나무 가지에 새 눈이 돋아 나오며,
해적 해적 웃으며 흐르는 강물에 스치는
강 둔덕에는 새봄의 기운이 안개같이 어릴 때,
〈나를 생각하라〉고 그대는 속삭이고 갔어라.

넘어가는 새빨간 핏빛의 저녁노을이
늦어 가는 소녀의 나물 광주리에서 웃으며,
꿈을 잃은 늙은이의 가슴을 덮어 비출 때,
〈나를 생각하라〉고 그대는 속삭이고 갔어라.

악조(樂調)의 고운 꿈길이 두 번 보드라운 바람을 따라
저 멀리, 먼바다를 건너 새 방향(芳香)을 놓는 이때,
〈나를 생각하라〉신 그대는 찾기조차 바이없어라.

밤이면 밤마다, 날이면 날마다, 노래 부르며,
물결의 기억이 흰 모래밭을 스며드는 이때,
〈나를 생각하라〉신 그대는 찾기조차 바이없어라.

기억은 죽지도 않는가

얼을 뽑아내는 열락의
썩 깊은 악곡에도 오히려 〈외로움〉은
쉬지 않고 삼가는 발소리로 머리 속을 오가나니,
아아 이는 그대를 잃은 옛 조기(調記)*런가.

문득스럽게도 생겨난 사랑과 기쁨의
문득스럽게도 자취도 없이 스러져 없어진,
바람결에 쫓아다니는, 그 기억의 곡조는
때의 봄철, 흐르는 강물과도 같세,
아양스럽게도, 애처롭게도 살뜰하게도
또다시 지나간 〈맘〉을 붙잡고 흐득이나니,
아아 이는 그대를 잃은 옛 곡조런가.

만일에 이 곡조를 설운 기억이라면
설운 기억의 곡조는 죽을 줄도 모르는가.

내 세상은 물이런가 구름이런가

혼자서 능라도의 물가 둔덕에 누웠노라면
흰 물결은 물소리와 함께 굽이굽이 흘러내리며,

저 멀리 맑은 하늘의 끝없는 저곳에는
흰 구름이 고요도 하게 무리무리 떠돌아라.

물결과 같이 자취도 없이 스러지는 맘,
구름과 같이 한가도 하게 떠도는 생각.

그러면 나는 이르노니,
내 세상은 물이런가, 구름이런가.

삼월에도 삼짇날

잎 피고 꽃 열리려는 때가 되거든
꽃의 서울, 환락의 평양을 잊지 말아라,
잔잔한 대동강 위에는 떠노는 기러기,
능라도에는 새움을 돋우는 실버드나무의.

보아라, 모란봉 가의 소나무 아래에는
삼가는 듯이 소근거리는 모란꽃 같은 말이
애인과 애인의 입술로 스며 헤매지 않는가.

오늘은 삼월에도 첫 삼짇날,
강남의 제비도 옛 깃을 안 잊고 오는 날,
애인의 첫 삼짇은 인세(人世)뿐만이 아니어.
(보아라, 공중에도 떠도는 애인의 첫 삼짇!)

기억

그러하다, 인생은 기억, 기억은 잔회(殘灰)의
쓸데도 없는 지나간 꿈은 지금 와서
나의 불서러운* 이 몸을 붙잡고
이리도 괴롭히며, 이리도 아프게 하여라.

그러하나, 지금 나의 이 몸에 매달려,
그윽하게도 삼가는 듯하게도
저, 지나간 옛날의 한때의 꿈은
흐득여 울며, 나더러 돌아가라 하여라.

그러면 나는 이르노니,
인생은 꿈, 꿈은 망각의 바다에서
스러져 자취조차 없어질 그것이라고,
가을 지고, 겨울 와서 해조차 바뀌는 때의.

별후

그대의 흐득여 우는 소리에 따라 나오는
무거운 그 말은 잊을 수가 바이없어,
섧게도 외롭게 비껴 울기는 하여라,
아아 그러나 나는 아노라—
그대는 벌써 나를 잊고 있어라.

하룻날의 길거리에 핼금하여진 황혼의
빛깔도 없는 수풀 속에서 옛 깃을 찾으며,
아득이며 도는 소조(小鳥)와 같이 밤이 붂이기는 하여라,
아아 그러나 나는 아노라—
그대는 벌써 나를 잊고 있어라.

지금 그대는 내 곁을 떠나 있지 않으매,
그대의 무거운 말만이 가슴에 스며들어
지나간 날의 옛 곡조가 노래하기는 하여라,
아아 그러나 나는 아노라—
그대는 벌써 나를 잊고 있어라.

가을

그저 가을만은
돌아가신 옛 님의 생각처럼,
살뜰하게 가슴속에 스며들어라.

지금이야 야릇하게도 웃음을 띤 눈이나
핼금하게 파리한 가도 없는* 그 얼굴과,
하얗게도 병적인 연약한 손가락이나마,
그나마 다 잊히어지고, 남은 것이란
살뜰하게도 잊지 못할 달금한 생각뿐.

살뜰하게도 못 잊을 그 생각만은
없어져 다한 옛 꿈을 좇는 듯이도,
날카로운 〈뉘우침〉의 하얀 빛과
어둑하게도 모여드는 〈외로움〉을
하소연한 맘속에 부어 놓을 뿐.

그저 가을만은

가신 님의 옛 생각처럼,
못 잊게도 가슴속에 스며들어라.

저락된 눈물

—옛 마을의 P·R·S에게 이 시를 보내노라.

설운 희극

골패짝은 사거라,

그러나,

골패질은 말아라,

—법률은 이렇게 정하였어라.

아내는 돈으로 사거라,

그러나,

계집은 돈으로 사지 말아라,

—도덕은 이렇게 말하였어라.

기도

구하면 주지 못할 것이 없는 〈우주〉의 저자시여,
팔을 팔 배 하면 팔십팔 되게 하시는 전능자시여,
어제 이 죄인이 장에 갔다가, 〈우정〉이란 괴물을
술 한 잔으로 사서 죄인의 소유로 만들었습니다,
만은 오늘은 술 한 잔 값이 없어 그것을 잃었습니다.
어찌나 죄인의 맘이 섧고 서어하겠습니까!
간절히 비옵나니, 잃어진 〈우정〉이란 그 괴물을
아무쪼록 다시 찾아서 죄인의 것으로 만들어 줍소서.
구하면 주지 못할 것이 없는 〈우주〉의 저자시여.

저락된 눈물

임금(林檎)과 사랑을 혼동하는
솜씨 좋게 요리를 만드는 애인은,
임금 알을 벗겨 조각조각 나누던 솜씨로,
한 그릇밖에 안 되는 〈사랑의 요리〉를
골고롭게도 솜씨 있게 나누어서는
고운 노랫가락에 미소를 띠며,
여러 사람의 앞에 놓인 꽃 식탁 위에
한 그릇씩 한 그릇씩 내어놓았습니다.

여러 사람들이 그 요리를 먹었을 때부터
모든 것은 일변하여 지구는 쓸데없이 돌아가게 되며,
이전에는 한 방울이 성자의 말과 같은
그만큼한 가치가 있던 눈물이 갑자기 저락(低落)되어,
그때부터는 눈물 한 방울에 오 전(錢)도 못 가게 되었습니다.

비극의 서곡

여보셔요, 어째 나를 꽉 껴안았느냐고 말씀입니까?
내가 그대를 꽉 껴안기는 미(美) 때문이었습니다,
(그대의 그 미를 빼앗고 싶었습니다)
만은 그 미는 도망가고 그대의 육체만 남았습니다.

여보셔요, 어째 내 얼굴을 뚫어지도록 보느냐고 말씀입니까?
내가 그대의 얼굴을 뚫어지도록 보기는 미소 때문이었습니다,
(그대의 그 미소를 가지고 싶었습니다)
만은 그 미소는 스러지고 그대의 입술만 남았습니다.

여보셔요, 어째 내 잠을 깨웠느냐고 말씀입니까?
내가 그대의 잠을 깨우기는 꿈 때문이었습니다,
(그대의 그 꿈을 빼앗고 싶었습니다)
만은 그 꿈은 간곳없고 그대의 잠만 깨었습니다.

>

여보셔요, 어째 탐스럽게 나를 보느냐고 말씀입니까?
내가 도적이 아닌 것은 알지요, 만은
탐나는 것이 하나 있어서 참을 수가 없습니다,
제발, 내게다 그대의 맘을 부대*에 넣어 내어 줍시오.

우정

사랑은 저문 봄날의 꽃보다도 가엾고,
우정은 술잔에서 술잔으로 떠돌아 가며
거짓의 울음과 값없는 웃음을 흘리다가는
어린 담뱃내보다도 더 쉽게 스러지나니,
다음에 남는 설움이야 한(限)이나 있으랴.

사람아, 기운 있게 인생의 길을 밟는 우리의
맘과 맘은 한 번조차 맞은 적이 없어라,
그러면, 늦은 봄날의 꽃도 지는 이 저녁에
나는 떠돌아 가는 술잔을 입에 대고
우정 가득한 그대의 얼굴을 혼자 보며 웃노라.

탈춤

여러분, 삶의 즐거움을 맛보려거든,
〈도덕〉의 예복과 〈법률〉의 갓을 묘하게 쓰고
다 이곳으로 들어옵시오, 이곳은
인생의 〈이기(利己)〉 탈춤 회장입니다.
춤은 잘 추어야 합니다, 서툴어 넘어지면
운명이라는 놈의 함정에 들어갑니다,
하면 〈행복의 명부(名簿)〉에서는 이름을 여의며,
다시는 입장권인 인생권(人生權)을 얻지 못합니다.
인생은 짧고 춤추는 시간은 깁니다,
한 분(分)만 잃으면, 한 분만큼 한 행복의 춤이
없어지게 됩니다, 선(善)은 빨리 해야 합니다.
자, 그러면 빨리 춥시다, 좋다, 좋다, 얼씨구……

황혼의 장미

—동경의 김정식에게 이 시를 보내노라.

실제(失題)

내 귀가 님의 노랫가락에 잡혔을 때에
그대가 고운 노래를 내 귀에 보내었습니다,
만은 조금도 그 노래는 들리지 않았습니다.

내 눈이 님의 맘의 꽃밭에서 노닐 때에
그대가 그대의 맘의 꽃밭으로 오라고 하였습니다,
만은 조금도 그 맘의 꽃밭은 보이지 않았습니다.

내 입이 님의 보드라운 입술과 마주칠 때에
그대가 그대의 보드라운 입술로 불렀습니다,
만은 조금도 그 입술은 닿아지지 않았습니다.

내 코가 님의 스며 나는 향내에 취하였을 때에
그대가 그대의 스며 나는 향내를 보내었습니다,
만은 조금도 그 향내는 맡아지지 않았습니다.

내 꿈이 님의 무릎 위에서 고요하였을 때에

그대가 그대의 무릎 위로 내 꿈을 불렀습니다,
만은 조금도 그 꿈은 깨지를 못하였습니다.

지금 내 맘이 깨어 두 번 그대를 찾을 때에는
찾는 그대는 간 곳이 없고 님만 남아 있습니다,
아아 이렇게 나의 살림은 밤낮으로 이어졌습니다!

사랑의 때

—첫째

어제는 자취도 없이 흘러갔습니다,
내일도 그저 왔다가 그저 갈 것입니다,
그리고, 다른 날도 그 모양으로 가겠지요,
그러면, 내 사람아, 오늘만을 생각할까요.

즐거운 때를 아끼지 않아야 합니다.
고운 웃음도 잠깐 동안의 꽃이지요.

때는 한동안 기쁨의 꽃을 피웠다가는
둘으는 동안에 그 꽃을 가지고 갑니다,
곱고도 섧건만은 때의 힘을 어찌합니까,
그러면, 내 사람아, 오늘만을 생각할까요.

즐거운 때를 아끼지 않아야 합니다.
고운 웃음도 잠깐 동안의 꽃이지요.

사랑의 때

—둘째

물은 밤낮으로 흘러내리고
산은 각각(刻刻)으로 무너집니다,
세상의 곱다는 온갖 것들은
나날이 달라지며 스러집니다.

그러면, 내 사람아, 우리는
사랑과 함께 춤을 출까요.

아름다운 이 세상의 사랑에
몹쓸 때가 설움의 종자(種子)를 뿌립니다,
이 종자의 움을 따서 노래 부르면
도리어 사랑을 모르던 옛날이 그립습니다.

그러면, 내 사람아, 우리는
사랑도 그만두고 말까요.

때

때의 흐름으로 하여금
흐르는 그대로 흐르게 하여라,
격동도 식히지 말며,
또한 항거도 말고
그저 느리게, 제 맘에 맡겨
사람의 일 되는
설움의 골짜기로 스며 흘러
기쁨의 산기슭을 여돌아,
넓다란 허무의 바다 속으로
소리도 없이 고요히 흐르게 하여라.
그리하고 언제나
제 맘대로 흘러가는 〈때〉 그 자신으로 하여금
너의 앞을 지나게 하여라.

죽은 기억

언제나 어두운 그늘 속에서
쪼그리고 앉아선 머리를 숙이고
고요도 하게 하염없는 생각에 잠겼는
옛날의 서러운 기억.

좀도적놈처럼 삼가는 발걸음으로
살짝 와서는 잠잠한 맘 위에
지나간 그날의 먼지와 바람을
일으켜 놓고는 살짝 없어지는 기억.

오늘도 해는 넘어, 가까워 오는 어두움의
넓다란 하늘에 별눈이 하나둘 열릴 때,
어둑스러운 흐릿한 맘의 구석에서
혼자서 살짝살짝 걸어오는 그 기억.

갔다가는 오고, 왔다가는 가는,
(이렇게 해를 몇 번이나 거듭했나!)

머나먼 생각조차 할 수 없는 옛 꿈의
서러운 기억의 기억!

낙엽

산산한 게, 몸이 오싹 떨리지.
지금 추억 많은 우리의 동산은
달빛에 비치어 은색에 싸였다
자, 내 사람아, 동산으로 가자.

갈바람은 솔솔 스며들지.
나뭇잎의 비가 내려 붓는다,
가만히 귀를 기울이고 있으면
어린 꿈의 깨어지는 소리가 들리지.

옷을 새빨갛게 벗긴 포플라는
바람결이 휙 하고 지날 때마다
검은 구름이 덮인 하늘을 향하고
아직도 오히려 새봄을 빌고 있다.

오오, 내 사람아, 가까이 오렴,
지금은 가을, 흩어지는 때

흩어지는 낙엽의 우리의 소리를 듣자,
명일이면 눈도 와서 덮이겠다.

가을을 만난 우리의 사랑,
겨울을 맞을 우리의 꿈,
열정이나 식기 전에 더운 키스로
오늘의 이 밤을 새워 보자.

전원의 황혼

집이면 집마다 떠오르는 연기,
서녘 하늘에는 곱게도 물들인 붉은 구름,
공중으로 올라서는 헤매며 스러질 때,
나뭇가지에서는 비둘기가 울고 있어라.

안개는 숲속에서 생기는 듯이 스미어서는
조는 듯 고요히 누운 넓은 들을 덮으며,
어두워가는 밤 속에서 새 꿈을 맺으려는
촌락에는 들벌레 소리가 어지러워라.

이리하여 핼금한 둥근 달이
하염없는 피곤의 걸음을 이을 때,
나무 아래에는 시비(是非)도 없는 농인(農人)의 간담(間談),*
저 산기슭의 교회당에서는 찬송의 노래,

깊어만 가는 밤에는 이것밖에
아무것도 들림 없이 고요하여라.

상실

가을의
새맑은 하늘에
한 조각의 검은 구름이
무슨 일이나 생긴 듯이,
떴다가는 스러지고
스러졌다가는 뜨고는 한다.

고요한 나의 맘 바다의
고요한 한복판에는
이름 모를 무엇이
무슨 일이나 생긴 듯이,
구슬프게도 다만 혼자서
잔물살을 내고 있다.

봄은 와서

봄은 와서,
창 앞의 뜰에는 속살거리는 병아리 소리,
문 앞의 밭에는 재갈거리는 아이들 소리,
집 뒤의 산에는 벙벙하는 후투티 소리,
먼 산에는 아지랑이가 보이하여라.*

봄은 와서,
돌돌 흐르는 냇물의 소리,
철썩거리는 빨래의 마치 소리,
살살 부는 보드라운 바람 소리,
하늘에는 다사한 해가 떴어라.

유월의 낮잠

유월의 뜨거운 낮볕은
남김없이 밝을 때,
감기어 오는 눈에는
푸른 하늘이 오락가락하여라.

수풀 밭의 벌레 소리는
희미도 하게 들리며
말 없는 때는 가기만 하여
낮잠은 끝없이 깊어지어라.

북방의 소녀(부록*)

북방의 따님

맑은 물결 흘러드는 황포의
고요한 바닷가에 목숨을 받아,
푸른 언덕의 어린 풀잎 아래서
남모르게 나는 자라난 따님이노라.

떠도는 갈매기의 높게도 노래하는
높았다 낮았다 물결치는 벼랑가의
바람에 나부끼는 해당화의 향꽃 아래서
어린 꿈을 혼자 깔고 누웠던 따님이었노라.

빛나던 새벽별이 이지러지며,
첫 봄철의 아침 볕이 곱게 빛날 때,
돋아나는 잔풀밭의 첫 이슬을 밟으며
어린 나물과 피어나는 꽃도 뜯었노라.

거친 곡조를 번갈아 바꾸어 부르며
양(羊)인 듯 무리 지어 다니는 흰 돛의 배를

이른 아침 늦은 저녁에 혼자 보면서
즐거운 내 여름을 꿈으로 보내었노라.

아름다운 세상의 아름다운 가슴에는
아름다운 따님의 설움도 숨어 있어라.
고요한 늦은 가을의 낙엽을 밟으며
동무 찾는 내 노래야 섧지 않으랴.

애닯기도 하여라 북방의 겨울이여,
바다는 얼어붙어 물결이 끊기고
흰 눈은 내려 푸른 풀밭을 덮어서
한때 한철의 즐거움은 자취조차 없어라.

목숨은 짧으나 사랑은 길어라,
흰옷에 검은 머리 늘인 나의 이 몸은
언제 벌써 이 세상의 아름다운 사랑에
얄밉게도 목숨과 맘을 바치고 말았어라.

>

사람아, 누가 고운 따님의 가슴을 알랴,
살기도 사랑으로 죽기도 사랑으로,
처음과 끝을 한길같은 사랑의 목숨에
매달리어 죽으려는 참맘을 누가 알랴.

사람아, 누가 꿈에나마 알 수 있으랴,
하늘 눈을 울리어 눈물짓는 사나이의
흐르는 맘은 때때마다 달라지지 않는가,
아아 믿지 말아라. 사랑을 말아라.

맑던 하늘은 갑자기도 흐리어,
뜻도 아닌 소낙비는 땅을 덮게 되어라,
아아 따님아, 웃으면서 우는 따님아,
맑은 하늘인 맘을 믿으려고 말아라.

넘어가는 저녁별이 구름을 붉히는
가을의 소근거리는 바람이 하소연할 때,

남녘 서울로 멀리 떠난 나의 벗에게
얼마나 고요케도 나의 꿈을 보냈나.

어디나 한길같이 쌓인 같은 흰 눈에
영구(永久)의 깊이 잠든 맘의 그믐밤,
생각은 있어 비록 날아간다 하여도
아아 북방의 외로운 따님의 가슴이야 어쩌랴.

생각에서 생각으로 비끼어 나는
뜨겁고도 곱다란 곡조는 있으나
그것을 그려 낼 말과 글은 없어,
내 가슴의 곡조에 울어 줄 반향은 바이없어라.

맑은 물결 흘러드는 황포의
고요한 바닷가에 목숨을 받아,
푸른 언덕의 어린 풀잎 아래서
남모르게 나는 자라난 따님이노라.

유랑의 노래

흐름에 따라 돈다 땅끝에서 땅끝에
구름 길 자취 없다 떠도는 외손,
갈바람 살살 불어 벌레 소리 애닯다,
생각은 끝이 없다 오늘과 내일.

바람에 따라 돈다 가람에서 뭍으로
빈 들은 쓸쓸하다 홀몸의 외손,
먼 앞길 해는 넘어 종소리가 들린다,
생각은 끝이 없다 아침과 저녁.

흐름에 따라 돈다 땅끝에서 땅끝에
하늘에 별 빛난다 떠도는 외손,
풀밭에 꿈을 펴매 이 세상은 쓸쓸타
생각은 끝이 없다 긴 밤과 대낮.

바람에 따라 돈다 가람에서 뭍으로
몸 하나 바람 없다 홀몸의 외손,

죽으면 남음 없어 때 바퀴는 빠르다,
생각은 끝이 없다 죽음과 삶.

나눔의 노래

이 위엔 제 운명의 지배를 따라
없어진 과거 꿈을 좇으려 말고
맘한바 새 생애에 새 길 잡아라,
한없는 먼 앞길에 나눔은 쉽다.

이 위엔 제 운명의 지배를 따라
애달픈 눈물만을 흘리려 말고
가슴과 가슴 맺어 앞길 걸어라,
한없는 먼 앞길에 나눔은 쉽다.

이 위엔 제 운명의 지배를 따라
아끼는 소매노라* 때는 흐르매
나눔아 저녁별에 옛날 어디랴,
한없는 먼 앞길에 나눔은 쉽다.

이 위엔 제 운명의 지배를 따라
라인은 푸름하라 때는 흐르매

만남아 어느 편에 다시 있으랴,
한없는 먼 앞길에 나눔은 섧다.

라인은 라인강.

망우(亡友)

—S·W 군의 영(靈)에게

그대는 암만해도 올 길 없어라,
그대는 암만해도 돌아가셨다,
그대는 몸이 죽어 올 길 없어라,
그대는 고요하게 돌아가셨다.

그대의 덥게 타던 가슴의 생각,
그대의 희멀금한 병색의 얼굴,
지금은 스러지어 듣기 어렵고,
지금은 깊이 묻혀 볼 길 없었다.

흘러도 닿지 않는 두 눈의 눈물,
돌봐도* 닿지 않는 옛날의 생각,
그대는 그러나마 잊지 않으매,
그대는 그러나마 알지 못하매.

물같이 때 바뀌는 흘러가는데,
물같이 세상 맘은 잊어 가는데,

그대여, 깊은 잠에 고요하여라,
하늘아, 그의 영에 은혜하여라.

삼 년의 옛날

봄철의 아지랑이 끼어 오를 때
엳푸른 어린 풀을 함께 밟으며
달금한 첫사랑에 몸을 잊음도
어느덧 해를 모아 삼 년이러라.

아카시아 아래의 그대 무릎에
누워선 끝없는 꿈길이 맺으며
내 세상의 웃음을 서로 바꿈도
어느덧 해를 모아 삼 년이러라.

햇볕에 낯을 붉힌 내리는 낙엽
함께 앉아 옛 기억을 속에 그리며
사랑의 가을날을 설워한 것도
어느덧 해를 모아 삼 년이러라.

때아닌 가을바람 멍에하여서
애닯게도 이별을 맘 아파하며

뜬 기약의 만남을 속삭인 것도
어느덧 해를 모아 삼 년이러라.

파리한 그대 얼굴 꿈에 보고는
이향(異鄕)의 겨울밤을 앉아 새우며
유리(流離)의 쓰린 몸을 탄식한 것도
어느덧 해를 모아 삼 년이러라.

무덤

꽂은 꽃이야 곱건 말건
붓는 눈물이야 덥건 말건
깊이도 자는 이의 가슴에야
느낄 줄이나마 있으랴.

하늘빛이야 밝건 말건
돋는 해야 다사컨 말건
곱게도 잠든 이의 가슴에야
이런 생각이나마 있으랴.

가신 이가 잠자코 누웠고
가려는 이 또한 모르거니,
무덤에서 스며 흐르는
곱다란 설움만 예나 이제나.

있다는, 산다는 모든 것들은
한길같이 그대의 팔에 안기어

봄, 여름, 가을, 겨울의 철마다
분노와 즐거움도 없이 잠잠하리.

벗이여, 젊음에 뛰노는 벗이여,
울다 남은 눈물이 아직도 남았는가,
지금 때는 때를 따라 어두워지어,
늙음의 저녁은 차차 가까워 오나니.

봄의 선녀

걷힐 줄 모르는 회색의
깊은 안개에 잠겼는,
또는 별도 없는 흐림의
그윽한 음울의 날에,

내를 피우며 먼 미지의 나라로
오는 꽃수레의 구르는 소리에
하늘은 울며 땅은 흔들리어
가만히 푸른 길이 지워질 때,

아름다운 별과 고운 꿈은
흐득이는 분수의 맑은 곁에,
님프는 꽃밭에서 헤매며
어린 양은 판 신(神)과 함께 놀아라.

때 소리의 긴 비낌에
다사한 맘을 다 같이 모아,

발가에 엎드려 소근거리나니 —

봄의 선녀, 평화의 님이여.

악성

울리어 나는 악성(樂聲)*의
느리고도 짧은
애달픈 곡조에
나의 스러진 옛 꿈은
그윽하게 살아
내 가슴 아파라.

설움 가득한 악성의
빠르고도 더딘
애달픈 곡조에
뒤숭숭한 그 생각은
고요하게 와서
내 눈물 흘러라.

가슴 울리는 악성의
널따랗고도 좁은
애달픈 곡조에

스러져가는 내 영(靈)은
새롭게 눈뜨며
그윽히 웃어라.

스며 흐르는 악성의
높다랗고도 낮은
애달픈 곡조에
푸른 위안의 바람이
한가롭게 불며
거리를 돌아라.

나의 이상(理想)

그대는 먼 곳에서 반득거리는
내 길을 밝혀 주는 외로운 빛,
한 줄기의 작은 빛을 그저 따르며
미욱스럽게도 나는 걸어가노라.

그대가 있기에 쉼도 없고
그대가 있기에 바람도 있나니,
아아 나는 그대에게 매달리어
티끌 가득한 내 세상에서 허덕이노라.

나는 아노라, 그대의 곳에는
목숨의 흐름이 무늬 고운 물결을 짓는
아름다운 봄날의 꽃밭 속에서
평화의 꿈이 웃음으로 맺어짐을.

나의 발은 피곤에 거듭된 피곤,
나의 가슴에는 가득한 새까만 어두움!

아아 그대 곳 없다면, 나의 몸이야
어떻게 걸으며 어떻게 살랴.

아아 애달파라, 그대의 곳은
한도 끝도 없는 머나먼 지평선 끝!
그러나, 나는 그저 걸으려노라,
눈먼 새의 동무를 따라가듯이.

*

9쪽 〈라임rhyme〉은 〈운(韻), 각운, 압운〉을 뜻한다.

35쪽 〈임금〉은 〈능금〉을 뜻한다.

38쪽 〈맘하여라〉는 마음의 줄임말인 〈맘〉에 〈하다〉를 붙인 조어로, 〈마음이 움직이다〉와 비슷한 의미일 것으로 추측된다.

42쪽 〈쨰듯하다〉는 〈선명하고 뚜렷하다〉는 뜻이다.

84쪽 〈히용 없는〉은 〈하염없는〉의 오기일 것으로 추정되지만 정확한 의미는 알 수 없다.

97쪽 〈조기〉는 〈악보〉와 유사한 의미를 지닌 단어로 추정되지만 정확한 의미는 알 수 없다.

100쪽 〈불서럽다〉는 〈몹시 서럽다〉는 뜻이다.

102쪽 원문은 〈가이도없는〉이다. 〈끝없는〉을 뜻하는 〈가없는〉의 강조형일 것으로 추정되지만 확실하지 않다.

113쪽 원문에는 〈부내〉로 되어 있다. 활자 오식으로 추정된다.

130쪽 〈간담(間談)〉은 〈한담(閑談)〉의 오식일 것으로 추측된다.

132쪽 〈보이하다〉는 〈약간 보얗다〉는 뜻이다.

135쪽 원문에는 〈록부(錄附)〉로 되어 있다. 〈부록〉을 거꾸로 인쇄한 듯하다.

143쪽 〈소매노라〉는 〈소[牛] 매느라〉라는 뜻으로 추정되지만 확실하지 않다.

145쪽 〈돌봐도〉는 〈돌아봐도〉를 운율을 고려하여 쓴 표현이다.

153쪽 원문은 〈성악(聲樂)〉이지만 시의 내용을 고려할 때 활자 오식으로 추정된다.

해설

김억과 『해파리의 노래』

김억은 1896년 평북 정주에서 태어났다. 호적상 본명은 희권이고, 필명은 안서이다. 지주 가문의 맏아들이었던 그는 유복한 유년 시절을 보냈다. 어린 시절 서당에서 한문 수업을 받았으며 여덟 살에 결혼하였다. 집안의 반대를 무릅쓰고 남강 이승훈이 세운 오산학교에 입학하면서부터 그는 신학문 수업을 받게 되었다. 입학 시기는 명확지 않으나 열한 살 무렵이었던 것으로 추정된다. 오산학교를 졸업한 후 그는 일본 게이오의숙(慶應義塾) 대학 문과에 입학하지만, 부친이 사망하면서 수업을 중단하고 고향으로 돌아오게 되었다. 1916년 오산학교 교사로 재직하던 중 제자였던 김소월의 재능을 발견하고 그를 문단에 진출시켰다.

그의 문학 활동은 일본 유학생 잡지인 『학지광』에 1915년과 그 이듬해에 걸쳐 창작시와 서구 문학을 소개하는 글을 발표하면서 시작되었다. 이후 1918년 『태서문예신보』에 프랑스·러시아 문학을 중심으로 서구 문학을 번역·소개하고 창작시를 발표했다. 1920년에는 남궁벽 등과 함께 〈폐허〉 동인으로 활동하였고, 〈창조〉 동인으로 참가하기도 했다. 이 시기에 그는 또한 에스페란토어를 보급하기 위해 노력했다. 1920년 백남규 등과 함께 서울에서 에스페란토회를 발기하였고, 에스페란토어에 대한 글과 에스페란토어로 직접 창작한 시를 발표하기도 했다. 1920년대 중반에는 민요시, 시조 창작을 주도하는 민족문학 진영에 서서 카프의 계급 문학론에 반대하는 입장을 취했다.

『영대』, 『조선문단』 등의 편집 동인으로 참가하기도 했던 그는 1924년 『동아일보』의 문예부장직을 맡았고, 이듬해인 1925년에는 『가면』을 창간하여 약 1년간 직접 편집 책임 일을 담당했다. 『가면』은 현재 남아 있는 것이 없어 그 면모를 알 수 없다. 1930년대에 들어서는 『매일신보』 문예란을 담당하였고 1930년대 후반부터 해방 직후까지 중앙방송국에서 근무하였다. 여덟 살 때에 결혼했던 부인은 1936년에 사망하였고 1944년에 신인순 씨와 재혼하였다. 1946년부터 한국전쟁 때까지는 육군사관학교, 공군사관학교, 서울여상고에서 강의를 하였다. 한국전쟁 때 납북되었고 사망 시기는 알 수 없다.

여러 잡지와 동인지에 발표되었던 번역시들을 모아 그는 최초의 역시집 『오뇌의 무도』(1921)를 발간하였다. 이후 그는 한국 최초의 창작시집 『해파리의 노래』(1923)를 시작으로 『봄의 노래』(1925), 『안서시집』(1929), 『안서시

초』(1941), 『먼 동이 틀 제』(1947), 『민요시집』(1948)을 상자하였다. 번역시집으로는 『오뇌의 무도』 이외에 타고르의 시를 번역한 『기탄자리』(1923), 『원정』(1924), 『신월(新月)』(1924), 아서 시먼스의 시를 번역한 『잃어진 진주』(1924), 한시를 번역한 『망양초』(1934), 『동심초』(1943), 『꽃다발』(1944), 『야광주』(1944), 양주동과 공역한 『지나(支那) 명시선』(1944)이 있다.

김억은 시뿐만 아니라 서구시와 시론의 수용 그리고 민요시 운동의 측면에서도 한국시사에서 중요한 시인이다. 그가 『태서문예신보』에 번역하여 발표한 프랑스 상징주의 시 등의 서구시들은, 최남선을 중심으로 한 계몽주의적 시가들을 넘어서 한국시에 개인적 서정을 표출하게 하는 하나의 계기가 되었다. 1921년 발간된 번역시집 『오뇌의 무도』는 당대의 문학청년들에게 열렬한 반응을 불러일으켰다. 그는 시에 지성보다는 〈감정〉이 들어 있어야 한다는 것과 〈리듬〉이 중요하다는 것을 강조하였으며, 자신의 이러한 시의식을 창작시에서 보여 주고자 노력하였다. 그는 특히 베를렌의 시에서 많은 영향을 받았다.

1920년대 중반경부터 그의 시는 자유시에서 정형시로 바뀌는 경향을 보여 준다. 그는 서구적인 것의 영향을 벗어나 한국적인 혼과 한국적인 리듬을 찾고자 노력하였다. 1925년경부터 전개된 민요시 운동의 중심에 서서 그는 정형적 율격을 띤 민요시들을 창작하였고, 1930년 이후 한시를 번역하면서부터는 정형성을 한층 더 엄격하게 지켜 나갔다.

1923년 발간된 『해파리의 노래』는 김억의 첫 시집이자 한국 최초의 시집이기도 하다. 조선도서주식회사에서 발간되었으며 정가는 18전이다. 총 9부 75편으로 구성된 이 시집에는, 정형시 창작으로 선회하기 전의 시들이 수록되어 있으며, 서구시의 분위기를 띤 자유시들이 주류를 이루고 있다.

이 시집의 시들이 주로 보여 주는 정서는 설움과 외로움이다. 이러한 감정을 그는 고운 언어들을 통해 부드러운 느낌으로 표현하고자 했으며, 주로 풍경 묘사 속에서 드러내거나 대상에 의탁하여 보여 주고자 하였다. 그러나 각 시편들 속의 풍경은 모호하게 처리되는 경우가 많고, 감정은 그 풍경들과 긴밀하게 결합되지 못한 채 〈눈물〉, 〈설움〉, 〈애달픔〉 등의 단어로 직접 노출되어 지나친 감상성을 초래하기도 한다. 이는 비단 김억 시만의 결함이 아니라, 한국에 근대시가 싹트기 시작하던 1920년대 초반의 시 대부분에 내재한 성격이었다.

『해파리의 노래』에는 서구적 분위기의 자유시가 대부분이지만, 다른 한편으로는 토속적인 제재나 농촌 풍경들 그리고 정형적인 리듬을 보여 주는 작품들도 있다. 이 시들은 1920년대 중반 이후 창작된 민요조 시들의 맹아가 된 것으로 짐작해 볼 수 있다.

이남호(고려대학교 명예교수)

편자의 말

한국 현대시를 대표할 만한 시집들의 초간본을 다시 출간하는 일은 과거를 오늘에 되살리는 일이라기보다는 점점 과거 속으로 사라져 가는 것에 새로운 생명을 부여하여 여전히 오늘의 것이 되게 하는 일이라고 생각한다. 한국 현대시 100년의 역사는 많은 훌륭한 시집을 남겼다. 많은 훌륭한 시집들이 모여서 한국 현대시 100년의 풍요를 이루었다고 말할 수도 있다. 그러한 시집들을 계속 살아 있게 하는 일은 시를 사랑하는 사람의 의무일 것이다.

그러나 이러한 작업은 겉으로 드러나지 않는 수고와 신중함을 많이 요구한다. 첫째는 대표 시인을 선정하는 어려움이다. 수많은 시집들을 편견 없이 재검토해야 하는 수고도 수고지만, 선정과 배제의 경계에 있는 시집들에 대해서는 많은 망설임과 논의가 있어야 했다. 대표 시인 선정 작업이 높은 안목과 보편타당한 기준에 의해서 이루어졌는지는 시간을 두고 전문 독자들에 의해서 판단될 것이다.

두 번째 어려움은 표기에 관련된 것이다. 사실 20세기 전반기의 우리 출판과 한글 표기법의 수준은 보잘것없다.

맞춤법, 띄어쓰기, 행 가름, 연 가름 등에는 혼란스러운 곳이 많고 오식으로 보이는 부분들도 많다. 그것들은 오늘날의 독자들에게 혼란과 거북함을 줄 뿐만 아니라, 작품의 이해를 방해하기도 한다. 그리고 다른 지면에 인용될 때마다 표기가 달라지는 결과를 낳기도 한다. 근대 초기의 많은 문학 작품들을 오늘날의 표기법으로 잘 고쳐서 결정본을 확정 짓는 작업이 시급하다고 할 수 있다. 이러한 생각에서 시적 효과를 지나치게 훼손하지 않는 범위 안에서 표기를 오늘에 맞게 고쳤다. 그러나 시의 속성상 표기를 고치는 일은 조심스럽지 않을 수 없다. 단어 하나, 표현 하나마다 시적 효과와 현재의 표기법 그리고 일관성을 고려해서 번역 아닌 번역 작업을 해야 했다. 이러한 작업이 원문의 분위기를 어느 정도 훼손하는 것은 어쩔 수 없었다. 또 어떻게 고쳐야 할지 판단이 서지 않는 부분도 꽤 있었다. 어쩌면 표기와 관련해서 노력한 만큼의 성과를 얻지 못했는지도 모른다. 그러나 이러한 작업의 축적을 통해서 작품의 결정본을 만들어 나갈 수 있을 것이며, 또한 오늘의 독자에게 친숙한 작품이 될 수 있을 것이다.

초간본의 재출간 아이디어를 최초로 낸 사람은 열린책들의 홍지웅 사장이다. 그분의 남다른 문학 사랑과 출판 감각 그리고 이 작업에 대한 전폭적인 지원에 존경심을 표하고 싶다. 그리고 시집 선정과 표기 수정 및 기타 작업은 이혜원, 신지연, 하재연 선생과 팀을 이루어 했다. 이분들의 꼼꼼함과 성실함에도 존경심을 표하고 싶다. 이 총서가 문학 연구자들뿐만 아니라 일반 독자들에게도 널리 그리고 오래 사랑받기를 바란다.

이남호

한국 시집 초간본 100주년 기념판

해파리의 노래

지은이 김억 김억은 1896년 평안북도 정주에서 태어났다. 서당에서 한문 수업을 받았으며 오산학교와 일본 게이오의숙(慶應義塾) 대학 문과에서 수학하였다. 일본 유학생 잡지인 『학지광』에 창작시와 서구 문학을 소개하는 글을 발표하면서 문학 활동을 시작하며 1921년 최초의 역시집 『오뇌의 무도』를 발간했다. 이후 한국 최초의 창작시집 『해파리의 노래』를 시작으로 여러 시집을 발표하였다. 폐허와 창조 동인으로 활동하기도 했다. 한국 전쟁 때 납북되었고 사망 시기는 알 수 없다.

지은이 김억 **책임편집** 이남호 **발행인** 홍예빈 · 홍유진
발행처 주식회사 열린책들 **주소** 경기도 파주시 문발로 253 파주출판도시
전화 031-955-4000 **팩스** 031-955-4004 **홈페이지** www.openbooks.co.kr

ISBN 978-89-329-2211-9 04810 **ISBN** 978-89-329-2209-6 (세트)
발행일 2022년 3월 25일 초간본 100주년 기념판 1쇄

초간본 간기(刊記) 인쇄 다이쇼(大正) 12년 6월 25일 **발행** 다이쇼 12년 6월 30일 **정가금** 80전 **저자 / 발행** 김억(경성부 청진동 99번지) **인쇄인** 심우택(경성부 공평동 55번지) **인쇄소** 대동인쇄주식회사(경성부 공평동 55번지) **발행소** 조선도서주식회사(경성부 견지동 60번지) 전화 광화문 177번 진체(振替) 경성 8255번